风起的日子我要远航

敬亭山 著

哈尔滨出版社
HARBIN PUBLISHING HOUSE

图书在版编目（CIP）数据

风起的日子我要远航／敬亭山著. — 哈尔滨：哈尔滨出版社，2024.5
ISBN 978-7-5484-7757-0

Ⅰ．①风… Ⅱ．①敬… Ⅲ．①诗集–中国–当代 Ⅳ．①I227

中国国家版本馆 CIP 数据核字（2024）第 054947 号

书　　名：**风起的日子我要远航**
FENGQI DE RIZI WOYAO YUANHANG

作　　者：敬亭山　著
责任编辑：李金秋
出版发行：哈尔滨出版社（Harbin Publishing House）
社　　址：哈尔滨市香坊区泰山路 82-9 号　邮编：150090
经　　销：全国新华书店
印　　刷：四川科德彩色数码科技有限公司
网　　址：www.hrbcbs.com
E－mail：hrbcbs@yeah.net
编辑版权热线：（0451）87900271　87900272
销售热线：（0451）87900202　87900203

开　　本：880mm×1230mm　1/32　印张：4.75　字数：100 千字
版　　次：2024 年 5 月第 1 版
印　　次：2024 年 5 月第 1 次印刷
书　　号：ISBN 978-7-5484-7757-0
定　　价：45.00 元

凡购本社图书发现印装错误，请与本社印制部联系调换。**服务热线**：（0451）87900279

序言

诗歌是开敞心灵的一扇窗口

蒙土金

《风起的日子我要远航》是诗人敬亭山的第一本诗集,这本诗集描摹了在风起的日子里去远航的境像,让人们充满了对诗和远方的想象。

诗和远方,是一种美好的情操,是人的内心深处对远大理想的向往和追求,是一种崇高的精神境界。所以,诗人的内心深处是有着丰富的感情色彩和精神张力的,这样,诗人就可以通过诗歌这一特定的文学形式,以独特的语言、浓厚的感情色彩、深邃的思想内涵去展现内心深处丰富而感人的精神律动。作为《风起的日子我要远航》的第一位读者,通读完这本诗集,留给我的第一印象是语句灵动、通透,句式凝练、简洁,情感内敛、丰盈,掩卷之余,有一种余音袅袅的感觉。

那么，作为对诗和远方的想象，诗人敬亭山在《风起的日子我要远航》这本诗集里是如何描摹的呢？我通过一一咀嚼诗集中独特的句式表述，试图去解读一下蕴藏在诗人心中所抒发的精神脉络：

一、远方物语——记录心灵释放的情感。在诗集里《氢气球》《焰火》《导航好姑娘》《聚于斯——贺州掠影》《雨夜黄姚》《苗寨物语》《十二月，〈紫藤〉花开飞北京》《十里堡地铁早晨，鱼干与鲜鱼》等大致属于这一类的题材。在这些诗中，诗人从故土藤州走出，走向向往的远方，是情感自然而然的流露。"吞下一口氢气，注定了这一生都要昂头"，这是一种精神的状态，也是生活的状态；"'您已偏航。为您重设航线。前方一百米……'叮嘱殷殷，情意切切，真是好姑娘，导航做我闺女吧"，母女的情深意切，情透纸背；至于贺州和黄姚，这不但是两个地域的概念，更是一段文学的往事，是诗和远方心灵的栖息，遇见在水莲花开般的年纪；十二月的北京十里堡的地铁，则是"《紫藤》花开，飞往北京"，见证了那年那月有一本叫《紫藤》的家乡文学期刊在繁华的京城里浓郁的文学气息，这既是诗人之幸，也是藤县的文学事业之幸。

二、家乡风物——诠释前世今生的变化。在文学家的心中，大都蕴藏着一块故乡厚土，诗人也是一样。这一类题材的诗歌有《三分钟，缘浅》《鹿伏岭退思》《遇见平福》《东南金矿》《桃花山》《罗漫，罗漫》《古宅深院》《眷恋新马》《浔莲》《藤州恋歌》《南国新陶都》《空空》等。鹿伏岭是藤县南面的第二高峰，有着美丽的传说和沧桑的往事，如今是一座遍植六堡茶的茶山，"做一株幸福的茶，茶农快意，圆一个致富的梦"，这是鹿伏岭的变化，也是家乡藤县的变化；遇见平福、遇见桃花、遇见东南金矿，遇见的是一段激情燃烧的岁月，莫泗村里94岁的许秀群老婆婆还记着新中国建立初期剿匪的那段日子，丹竹村里的那间老屋还在诉说着在全县推广杂优水稻、五次飞播造林的后人韦肇晋，社平村的古集冲里"油果与风儿在'荡秋千'，这里是平福万亩软枝油茶基地的心脏，他的身体辐射十里八村"，而热闹的东南金矿，不眠不休的四十年，"分娩了黄金33.8万两"，桃花朵朵、灼灼其华，今天的平福遇见的一切都是平安、幸福；新马的莲塘村里，空气中依然飘润着浔江潮湿的水汽雾淞，莲花井依旧、跑马场依旧、参天的古榕树依旧，有一朵洁白的莲花在这里生生不息，年年花开不败，这是一种精神的象征，"杖策只因图雪耻，横戈原不为封侯"；古老的藤州"西接八番，南连交趾"，李尧臣、冯京、契嵩、苏东坡、秦少游都曾在这里驻足，如今的藤县"凭着中和窑的底蕴，和六点七亿吨高岭土的积蓄，南国新陶都——藤州轰然崛起""东方狮王飞桩劲舞，技惊四座，飞上央视春晚舞台"，是的，作为南国新陶都的藤县"有舞衣翩飞，歌声嘹亮——'故乡藤州天天换新颜……明天更锦绣'"，这是诗人内心深处的歌唱，也是今天藤县真实的写照。

三、只言片语——掩藏在内心深处的独白。诗和远方是富有想象力的，但生活不仅仅是诗和远方，也会有眼前的苟且，甚至一地鸡毛，这是诗人心灵深处的震颤。《你不曾远离》《中秋至，想给你打个电话》《跷跷板》《念念》《曾经》《往昔不可追》《永远之远》《兹今夜，无挂牵》《只是符号》《于是》《再启程》《慢速》《向往》《预约可应》《再见》《追梦》等是属于这一类的诗。《你不曾远离》《中秋至，想给你打个电话》《跷跷板》《念念》是一种隐隐可见的痛楚，"幽苔满阶，鲜见人迹，种子发芽，思念疯长，你若不来，我终去往""中秋又至，更深露渐重，想和你说说话，却是无言，今夜，万千思念挂在了眉梢，独坐霜上，我把自己坐成永恒""那头翘起，连接天堂，这头低伏，架向奈何""天堂上有阶梯，阶梯之上，是温暖的拥抱"，这些有着强烈视觉冲击力的句子无疑是诗人内心深处无限的伤痛，是一种浓烈的情感；永远之远有多远？这远的不仅仅是距离，而是千古词人秦少游与"义女"的离别，是天地相隔，是阴阳相别；当然，在诗人的内心深处，还会有在"默然放下的夜晚，与松柏小酌，与鸣蛙畅聊"、有小路深处的"水声寂寂，暗香疏疏"、有下班路上"那束塞到手里的百合"和在脉脉的余晖下"那对蹒跚前行的背影"、有往后余生"在挂壁公路缥缈而行，在亚龙湾看海草逐波"的向往,就像诗人在《风起的日子我要远航》里所说的"不甘拘束的灵魂叫嚣着要去远方……撞开那扇诗意的窗……戴上宋词做的面纱,踩着元曲节奏的叮当……等候着远归的檀郎……寻觅着幸福的方向"一样,所有的这些,都是诗人心灵深处的独白,有伤感但更显坚强,有无奈但更透着希望,体现着诗性的真善美。

四、山水之间——我的家乡我的梦。每一个人都有自己的家乡,在诗人的眼里家乡便是滋养文学情怀的故园厚土。《黄皮树》《扁担》《"光头强"闯小区》《泗洲 泗洲——我的家乡我的梦》《向山行》《桂花半睡半醒》《不猜量,甚好》《收割机不会唱歌》便是饱含情感对家乡歌唱的诗篇。"黄皮树佝偻在老家房子的路边,脸颊水分风干了的奶奶,与老树相依",这是对家乡无法磨灭的记忆,更是对家乡底色的记忆;而那根熟悉的扁担,它一头挑着的是"爹娘的欢笑"和"老师的严厉",一头挑着的是婴孩"对未知的惶恐"和对"窗外的渴望";家乡的春、夏、秋、冬,是泗洲岛的景色、是生态岛的景色,泗洲岛的今天桃花灼灼、美人灼灼,这便是我的家乡我的梦;《向山行》《桂花半睡半醒》通过对"那山"的清峻、坚忍、寂丽的描写,通过桂花在阳台上半睡半醒、檀香的火光半明半灭的描写,赋予了家乡生命的意义,因为家乡在诗人的心目中是不需要猜量的,就如同不会唱歌的收割机奔跑的"隆隆"声一样,在诗人的心中都是如此的欢喜。

五、青春本色——致敬奋斗者的足迹。青春是人生中最壮美的一段时光。青春是美好的，也是最值得歌颂的。讴歌青春，也成为诗人的这本诗集中亮丽的风景。《影子》《青春本色——致藤县青年创业协会》《月恋》《等待》《父亲》《暮冬，我要迁居孟乡》《捏愿望》《大雾过后是阳光》《春来了》《想起了你》《在春天》《思春》《迎春》《闹春》《织梦》《昙花》《相濡以沫》《嘘，别出声》《缘来，是你》《遇见，欢欣》《狮王争霸》便是这一题材的作品。青春的本色，是"中国梦，富强的梦，复兴的梦；乡村梦，发展的梦，振兴的梦；青创梦，助农的梦，共赢的梦""因为青春，我们无惧，用幸福的金线和青春的银梭，以信念和执着编织你们，春天的花，秋天的果……"；《捏愿望》也是"揉一团心愿"，像"一树似锦繁花，捏一屋金稻归仓牛羊满山，愿望从青春流出"，人生又回归了本真；在春天里，思春、迎春、闹春，是一个织梦的过程，是为了"积蓄三百六十五夜的花之精灵，在此刻，我尽情璀璨"；"锣鼓声声，狮王出游……前路纵是险阻，热血从未磨灭""失败不能磨灭我深刻骨血的不屈……勇者何惧挑战……进退间收放自如昂首阔步"，所有这些诗章，都是诗人对青春的歌颂，对奋斗者前行足迹的由衷礼赞。

诗歌是敞开诗人心灵的一扇窗口，《风起的日子我要远航》是一本有着深刻内涵的诗集。通过这本诗集，我们可以读到诗人对故园的眷恋、对家乡的瞻望、对青春的畅想、对内心深处让人不能触摸的缅怀。这是一种独特的情感，是诗人对诗性的独特感悟，这也是我读了《风起的日子我要远航》这本诗集后最深的感受。

诗为心声。诗人既是社会的人，也是自然的人。通过这本诗集，我们看到了作为诗人的敬亭山讴歌崭新时代的豪放一面，也看到了她捕捉社会闪光瞬间的敏锐目光，同时也看到了她作为一位女性、作为一位母亲蕴藏在内心深处的独特情感，或许这就是诗人敬亭山出版这本诗集的意义所在。

是为序。

2023 年 8 月 18 日写于藤县

（蒙土金，中国作家协会会员、广西作家协会会员、广西第九届作协理事、梧州市作家协会名誉主席。）

目　录
CONTENTS

氢气球 / 001

焰火 / 003

导航好姑娘 / 005

聚于斯——贺州掠影 / 007

雨夜黄姚 / 009

苗寨物语 / 011

十二月，《紫藤》花开飞北京 / 013

十里堡地铁早晨，鱼干与鲜鱼 / 015

三分钟，缘浅 / 017

鹿伏岭遐思	/ 019
遇见平福	/ 022
东南金矿	/ 025
桃花山	/ 029
罗漫，罗漫	/ 032
古宅深院	/ 035
眷恋新马	/ 037
浔莲	/ 039
藤州恋歌	/ 041
南国新陶都	/ 043
空空	/ 045
你不曾远离	/ 047
中秋至，想给你打个电话	/ 049
跷跷板	/ 051
念念	/ 053
曾经	/ 055
往昔不可追	/ 056
永远之远	/ 057
兹今夜，无挂牵	/ 059
只是符号	/ 061

于是 / 062

再启程 / 064

慢速 / 066

向往 / 067

预约可应 / 069

再见 / 071

追梦 / 073

风起的日子我要远航 / 074

黄皮树 / 076

扁担 / 078

"光头强"闯小区 / 080

泗洲　泗洲——我的家乡我的梦 / 082

向山行 / 088

桂花半睡半醒 / 090

不猜量，甚好 / 092

收割机不会唱歌 / 094

影子 / 096

青春本色——致藤县青年创业协会 / 097

月恋 / 100

等待 / 101

父亲 / 103

暮冬，我要迁居孟乡 / 105

捏愿望 / 107

大雾过后是阳光 / 109

春来了 / 111

想起了你 / 113

在春天 / 115

思春 / 117

迎春 / 118

闹春 / 119

织梦 / 121

昙花 / 122

相濡以沫 / 124

嘘，别出声 / 126

缘来，是你 / 128

遇见，欢欣 / 130

狮王争霸 / 132

后记 / 134

氢气球

吞下一口氢气

注定了这一生都要昂头

伴雨轻舞

随风曼歌

是我拥抱天空的姿态

偕云漫步

邀鹰翱翔

是我渴望自由的追求

无奈

绳索的牵绊

注定了我只能在低空停留

我无助的眼神

祈求懂得舍弃的一双手

争得一口气

只为能更高地昂起头

焰火

人,人,人

无数的人

从各个巷道

流出来,流向广场

屏息,等待,屏息等待

忽听

嘭——嘭——嘭嘭嘭——

无法言语,无法思考

心际脑海,都是

嘭——嘭——嘭嘭嘭——

"笑脸""舞台瀑布""银葡萄串联星"……

一簇簇焰火灿烂着,燃放着

流光溢彩　毫无保留

燃烧自己，亮丽夜空，纯净心灵

多少个工序的奋斗

才造就你美丽的身躯

多少个日夜的雕磨

才成就你今日的辉煌

你没有沉湎于外在的繁华

以及昨天的成功

就在一刹那

你抛洒一切

只为那一刻的绚丽，还有

万千的欢笑

夜半时分

你微笑在人们的梦中

凝成明天奋发的动力

导航好姑娘

向北　向北

赴桂花笺之约

兴尽

南归

掳金黄满车

母亲说

导航最是好姑娘

"前方两百米右转"

"前方一百米右转"

"右转"

"您已偏航。为您重设航线。前方一百米……"

叮嘱殷殷，情意切切

真是好姑娘

导航做我闺女吧

我们大笑

　　然后

　　沉默

聚于斯

——贺州掠影

跨越千年时空

与秀水的状元、进士

划舟同行

福溪渠的水草在游荡

上面是自由的梦魂

姑婆山上的姑婆还在悬壶济世吗

青龙和回澜还在相候

雨声滴答,在潇贺古道的青石板上

我想遇见

在水莲花开的年纪

一只蝴蝶哼着歌

携着龟石水库的微风细雨

掀起面纱

飘进我的七彩梦

思念　如贺州古戏台高翘的檐角

沉默　坚韧　又调皮

来一碗油茶吧

浓淡　多寡

且凭心事

喝下人生百味

拂一拂尘烟

再续前缘

雨夜黄姚

推开窗,窗外是姚江

雨丝系情丝,贯通天地

江水悄悄地涨

古榕徐徐地动

高跟鞋伴着雨声,噔噔噔,嘀嗒嘀嗒

敲响夜的旋律

黄狗吠了两声,瞄了一眼,又打个哈欠

摇啊摇,摇到外婆桥

那双手,温暖粗糙

仿佛塞过一把糖

且坐下,且喝茶

可凭栏,可对弈

或静思,或听雨

如果你路过,希望你安静

嘘——别惊扰这梦中仙境

苗寨物语

木头站在木头上
房子坐在房子上
西江千户苗寨
枕在雷公山的腰腿间

汽车在盘山公路蜗行
月亮爬上山岗
星星跳进苗寨
点亮苗家灯火万千

是谁　敲醒你的沉睡
一群人走过来

一群人走过去

饭店前芦笙争相迎客

酒吧吼着"都是月亮惹的祸"

你说

"你们很奇怪

爱看我们的老房子

又不想住我们的老房子"

汽车还在蜗行

月亮爬下山

白水河继续散步继续闲聊

酒吧环绕"美酒和咖啡"

幽静转身

留在了昨天

十二月,《紫藤》花开飞北京

《紫藤》花开,飞往北京
五十个兄弟姐妹欢聚
看望首都今年的第二场雪

挽《红棉》,吹《西岸风》,看《雁鸣湖》
登《梵净山》,遇见《辽宁作家》

走走,谈谈
河水清平
五十朵花秀且娟且莹
再证繁华

（注：2018、2019年，全国文学内刊年会分别在北京召开，50家刊物参会，老朋友5人。召集人刘秀娟，授课老师孟繁华、何平、付秀莹、走走等）

十里堡地铁早晨,鱼干与鲜鱼

八点

一条条鱼出游,蜂拥地铁站

鱼已挤满车厢,带着一口口凉气

门外的鱼使劲钻

往里,往里往里哟

使劲,使劲使劲呀

鱼干速成

贴满彼此前胸后背,贴满车厢角角落落

远胜热恋的紧拥

鱼干渴望变成纸片,飘到

车厢顶

车到呼家楼

一群鱼干游出去,秒变鲜鱼

三分钟,缘浅

一百八十秒,一百八十秒

无缘西江机场

数着时针,苦等与白云机场的不得不见

大兴航站楼微笑,安慰迟到的归客

攥紧时光的细绳,咱商量个事:

摁下倒带键,裁剪那些枝枝蔓蔓

让一切如期,如愿

可否

偶然总是受宠

催生大量意外之子

"早知道"总是旷工

曾经
一秒亦如一天，如一年
手机屏幕不知疲倦，日夜刷新
今天重复昨天，明天亦是今天

那年，子夜
你回归雪白，飞向云端
我赶回，赶回
终是错过
今日，我乘云而来
要与你
相聚

鹿伏岭遐思

之一

松林握手山风

轻吟牛歌小调

鹿儿怡然

"呦呦"唱和

枪声突起

矫健的长腿跑慢了

子弹的弧线

钻进胸膛迸开一束花　鲜艳欲燃

你倒下

你坚持

以最后一股精气

化成鹿伏岭的云烟

之二

身为藤南第二高峰

以雄父之姿

抵挡日军前进的脚步

以慈母之爱

抚慰受创的生灵

铭记二十三条生命之殇

之三

"福鼎"是个少女

十八岁的风华最青春

引来公路如蛇

徜徉在美妙的躯体上

"福鼎"茶纵享仙氧

安静修道

做一株幸福的茶

茶农快意

圆一个致富的梦

遇见平福

今天

我在平福

品味平安幸福

丹竹村里走出的韦肇晋

治好了水稻的病

五次飞播造林

留下了六十多万亩绿林

社平村的古集冲是神奇的

黑黑的泥土地里

浇灌出一棵棵油茶

油果与风儿"荡秋千"

这里是平福万亩软枝油茶基地的心脏

他的身体辐射十里八村

平福街后有个小山头

烈士陵园在这里安家

八位烈士的英魂守护着平福

他们从湖北、内蒙古、吉林、浙江等七八个省份奔来

为了那团信念的火永不熄灭

永恒在新中国成立初期的平福剿匪战斗中

莫泗村的许秀群婆婆九十四岁了

她的两个幼儿留在了战争中

一盅药液延续了她的生命

子弹在她的右胸、右手留下了盘曲的印记

桃花山是喧闹的

风车轰鸣

斗车"咣当咣当"

广播体操每天"一二三四……"

桃花人是富有的

金砖只是黄色的砖头罢了

桃花溪是简约的

简约得居然只是一条河

桃花山是寂寞的

锈锁锁起了四十年的辉煌

以致桃花矿的入口难寻其踪

桃花梦是升腾的

她在桃花山上休息

准备走更远的路

平福，平安幸福

今天

我在平福

遇见平安幸福

东南金矿

炸石、磨粉、浮选

您从岩金矿石,变为精金矿

浸出、洗涤、锌粉置换

您是金泥

氰化冶炼

您是金块雏形

粉化、还原、氯浸、熔铸、质检、打标……

您以标准金锭、金砖的姿态

带着"东南金矿"的标志

走进国家黄金储备库

又走进"两弹一星"、核潜艇、导弹,还有航空航天器……

您存在了多少年?

对不起,少年

您歉意地望着我

您已记不清岁月的变迁

幸好　还有历史可考

黑夜无尽

在高温酷烤中

您——一群群金元素

从地核,沿着大地的伤痕

挤到了地幔和地壳

在地壳动荡中腾挪坚忍

您与矿石痴缠、热恋

金中有石,石中有金

密不可分

多少年?

也许是二十六亿年

或者五六亿年

还是一亿年

后来的后来

1933年，有了广西绥靖公署八桂金矿公司

三年后，因为八桂金矿

又有了广西绥靖公署第二矿区

您搬到了桃花山

1949年12月啊，您回到了解放军的怀抱

是"桂东南金矿管理处"的老大

1950年5月，您有了一个响亮的名字——东南金矿

四十年，不眠不休的四十年

阵痛一波接一波

您分娩了黄金33.8万两

还附赠近万吨白银、铅、锌、铜、三氧化钨、硫

难忘的1986

您的孕育功能逐渐衰退

您长舒了一口气

目送矿工们拖家带口走出大山

劳作喧闹了四十年

您合上了沉重的双眼

在桃花山里

安度余年

您又开始了沉睡

带着资源宝宝

迎接着岁月的磨砺

等待着大自然的馈赠

准备着再一次的喷薄

桃花山

桃花山没有桃花

满山的芦苇杂在草中

随意摇摆

假装漫不经心

街道还是砂石路面

没有行人

七八只鸡鸭缩着脖子

在街上晒太阳,或蹲或趴

小杂货店耷拉着或高或低的木桩

食品店、理发店、电影院,

银行、邮电所、粮食管理所、供销社

错落在山坳间

门锁上有铁锈斑驳

破玻璃窗洞开，无声而迷茫

职工饭堂、矿工医院、招待所的楼道上

衣服飘摇，即将风化，一层层灰顽强攀附

院子里败草若干

残存的野藤蔓攀墙而生

大摇大摆

教室里躺着三两个破足球

走廊上堆着当年的几何教学仪器

灯光篮球场上

矿文工团曾在这里歌舞

矿篮球队曾在这里争雄

上千名矿校学生曾在这里沐浴晨曦

桃花矿已没有矿工

三千多名矿工、七千多名家属渐行渐远

一棵仙人掌认定自己是守护者

默默地守在矿区路旁

焦灼地生长，拔高到两米多

根部伪装成老树的灰白色

桃花溪流过矿区

溪水欢笑，没心没肺

桃花溪上桥头处

桃花矿区的入口藏在乱草后

三百九十余米深的地下

储存过东南金矿一半以上的黄金

风钻的轰鸣声若现若隐

"咣当咣当"响的斗车似有还无

长十八公里的矿区公路坑坑洼洼

客车货车杳然无踪

路上散落着几块或土黄或暗红的矿石

里面或许隐藏着黄金

罗漫,罗漫

之一 罗漫石,痴情石

国庆偶遇重阳

蓝天拥抱白云,山拥抱树,树拥抱风,风追逐鸟

鸟飞向辽阔

林间小路漫向无限远

你我结伴,漫行

时而微笑,时而谈天

浪漫罗漫山,有情闯情关

是宿命,是认定

一对儿石头,相知相守

立于山腰

情定彼此，吻于天下

如赤子，所为即所思

浪漫，坚贞

亦何欢，亦何惧？

一眼千年

看沧海枯，看桑田绿

看南梧路运输忙，听浔江船笛欢

远处，是动车站

再远处，是陶瓷园

更远处，是西江机场，是赤水港，是粤港澳……

变了，好了

喧闹，繁华

笑了，甜了

在一起，还在一起，一直在一起

之二　罗漫松，励志松

那粒跌落悬崖的种子

抓紧那一线生机

于壁隙间，于黎明时

蓄力，破壳

搏风，斗雨

断枝求生

向下深耕

长成励志松，唱响孤勇者

之三　罗漫酒，幸福酒

罗漫的酒最幸福

在四百五十多米的山上，邀明月小酌

且听风吟，且听蝉鸣

若是醉了，也不必着急

可伴泉水滴答，可摹夜雾聚散

观朝阳升

古宅深院

田野乡间,细雨若无
东养古居春睡,龙腾古宅酣梦
似仕女穿越时空
静卧于高楼之间

庭院深深,深深庭院
羽扇轻摇,旗袍袅娜
走出高墙,走向苍茫
飞檐残壁在,伴苔青,历沧桑
灶台安然,锅碗无踪
趟栊门依稀旧模样
坊间屋塘

燕雀自在轻翔

如昨

眷恋新马

风在这里遛个圈

河到这里转个弯

西江奔腾,在此却待以温柔

携手岁月

看虾跳鱼跃莲幽

鸡鸭归笼

跑马场静止,井水静止,榕树静止,荷叶静止

炊烟升起惆怅,缠绕成几个大字——

故乡,故乡

村道上呼唤声声:

儿呀,回家吃饭

1622 年

您离开新马,离开家

"顶硬上"——保家卫国

宁远大捷,宁锦大捷,保卫京师大捷

留下家乡,留下老妈妈

留下跑马场、莲花井、大榕树,还有

气概——舍我其谁

坚守——家国平安

2020 年

返乡潮取代了务工潮

家门口创业就业

荷笑橙甜产业优

"顶硬上"——同奔小康

风急雨骤,我自固守本心

腰杆挺成标枪

一肩是责任,一肩是丰收

浔莲

一粒种子悄然着床

您悄然而生,暗香浮动

在浔江边,在新马村,在莲塘书舍

您开启了莲之一生

六月,莲笑

我循香而来,寻找那朵浔莲

莲隐叶间,修身

莲展叶伏,守护

风摇,您笑,磨刀霍霍

雨急,您迎,笑傲穹苍

在宁远，在锦州

我找到了您

褪下儒衫，着上戎装

督师蓟辽，铁骑镇辽东

"杖策只因图雪耻，横戈原不为封侯"

莲之一生，廉之一生

莲盛，莲默

暗香如昔

莲戏叶间，果藏蓬中

一粒粒种子悄然着床

您又焕发了新生

藤州恋歌

拥浔江,抱绣水

东山顾盼生姿,在两水之间

月儿伴,初心不改

赏江景,沐江风

私语,伴一壶绿茶

反刍藤州古今

绣水畔,书声朗

李尧臣走向中原

广西第一位进士容光焕发

冯京三元及第

"绣水浮金"家喻户晓

东山脚,佛声扬

契嵩落发

贯通儒佛,成就"明教大师"

苏东坡又过藤州,但见"江月夜夜好　山云朝朝新"

秦少游《好梦近》,清魂一缕伴藤州

乌篷船难觅影踪,货轮在这里启航

网红防洪堤处,灯光点亮了夜色

浮金亭、访苏亭情意难移,坚守东山

李振亚登上山顶,化身丰碑

守护藤州

南国新陶都

东融,东融

凭着中和窑的底蕴,和六点七亿吨高岭土的积蓄

南国新陶都——藤州轰然崛起

新舵驶进,欧神诺扎根,蒙娜丽莎又焕笑颜

藤州桥、西江桥、杉花根桥

高速路、动车站、西江机场、赤水港码头

陶瓷园、新材料园、工业集中区、临港经济区……

藤州老而益坚

铿锵有力

桥那边

锣鼓声声,喝彩阵阵

东方狮王飞桩劲舞,技惊四座

飞上央视春晚舞台

浔江畔,有村名新马

大榕树绿意沁心,莲花井从古流到今

学童与浔莲齐颂:袁督师——

"英魂依旧镇辽东"

挂榜岭上

笑脸如织,好风习习

赞我藤州——南国新陶都

有舞衣翩飞,歌声嘹亮——

"故乡藤州天天换新颜……明天更锦绣"

空空

因为邻院梧桐挺拔、桂花静美

你被迁居

被寄予美好的期望

被向往满树的繁花硕果

无奈

树叶并不葱郁,勉强绿着

树干上长满了眼

仿佛病人手臂上密密细细的针孔

挣扎着喘气

努力适应日子的贫瘠

希冀隐居在院子里

躲避着奇怪的窥视

终于，你飞上了天堂

只留下空空的院子

空空的心瓣

你不曾远离

你从不走进我的梦

我从不曾寻找你

只因我相信

你不曾远离

在蔓珠莎华的暗香里

在丁香的轻蕊中

在春雨氤氲的子宫内

你在游荡

无拘无束

团圆,可期

幽苔满阶,鲜见人迹

种子发芽,思念疯长

你若不来

我终去往

中秋至，想给你打个电话

想给你打个电话

拿起手机却又放下

你去的地方名为永远

5G 也不能连接

或许 6G、7G……才有信号

两张五毛凑成一块

一张已零落于泥

唯有珍藏另一张新币

假装还是一块

我要你在

不仅仅只在山川河岳

拿起剪刀，拿起彩纸

把团圆剪给你，把健康剪给你……

我要你无忧

中秋又至，更深露渐重

想和你说说话，却是无言

今夜，万千思念挂在了眉梢

独坐霜上

我把自己坐成永恒

跷跷板

一头坐着慈祥

一头坐着欢笑

朝阳似火

岁月如歌

板儿起伏

拉开悲欢帷幕

天使来来去去

病房叹叹息息

逝去

三个三百六十五天

那头翘起,连接天堂

这头低伏,架向奈河

冬水深静,东流

念念

终于

你挣脱了肉体的藩篱

在天地间游荡

迈向自由的脚步

再无阻挡

累了

栖于何处?

一朵蓬勃的花苞

一个含笑的风铃

均可安放你的魂灵

不要怕

田野间有温馨

天堂上有阶梯

阶梯之上

是温暖的拥抱

曾经

一只气球

耷拉脑袋

在尘土中

遥忆昔日远上云间的肆意

一个女子

行走世间

以游魂的姿态

唯有那道疤痕

缅怀母亲的印记

往昔不可追

天在云上

你在天上

纵使借助飞机,肋生双翼

仍不见你的踪影,仍与你不可相见

拥抱,叮咛

语未出,心成空

扯两片云彩,裁几套衣袍,可能收到?

飞鸟往前,云烟往后

往昔不可追

永远之远

春来也

北流河与雨丝重逢,欢欣

勾动天地情意

织成大茧,甜蜜,在北流向东处

白纱飘逸,招摇

引动行人春意纷飞,眉眼

脉脉

东山下

少游喜,疑好梦近矣,却是

魂销

义女悲,千里而来,凄凄

梦断

你的背影,渐去渐远渐模糊
惶然,怕终将把你遗忘
或许,遗忘的还有自己
卑微着守护,奈何是离别
永远,是多远
岁月无声

日出,风起
雾散,茧消
江水,东流

兹今夜,无挂牵

今夜

蒲公英花絮集体逃离

汇成舍身崖的云烟

我听见了她们

离开身体的声音

只余一副残躯

今夜

三千星光集体隐身

天上一弯冷月

水中一弯冷月

我看见了一只佛手

拈着一盏红灯笼

在水边游荡

今夜，明夜，每一夜

兹此，无挂牵

只是符号

应该是单眼皮吧

估计是喜欢蓝色吗

似乎是爱甜食吗

曾以为的"自难忘",终究

"纵使相逢应不识"

丁香花开,又是三轮春秋

回忆的底片,晕开了水墨

或者

只是符号

湖面上,荡开

层层的波

于是

我愿意

置身于人群

假装与目光交错的每个人

点头　微笑

于是

知交广泛

没有孤独

我愿意

安居山南

在翻遍通信录却又默然放下的夜晚

与松柏小酌

与鸣蛙畅聊

于是

人月两圆

没有悲伤

再启程

今夜，漫步

与小蜗牛相约，并肩而行

最多，再伴以两三星光

树影斑斑，静默

灯火遥遥，静默

今夜，专属于一个人

隐于星空，俯望

白天的碌碌

圆满，不圆满？

小路深处

有水声寂寂，暗香疏疏

酒杯满上，饮尽——

再启程

慢速

路程已过半
时速降到二十迈
来一杯咖啡
反刍在摁下快进键那些年月里的风景
回味那些渐行渐远的温暖
风雨飘摇,那团点亮黑暗的火光
老家檐下,那双筑起爱巢的燕子
下班路上,那束塞到手里的百合
余晖脉脉,那对蹒跚前行的背影

向往

扔掉闹钟

这一刻

我只想蜷成春蚕

在鸟鸣声中半睡半醒

在世界杯中颠倒晨昏

喝着啤酒

刷着美团

等候美食的投喂

余生

只想和你一起白首

在挂壁公路缥缈而行

在亚龙湾看海草逐波

伴着暮色

牵着悲欢

数着彼岸花开的时间

预约可应

青春似去还留

趁着幽径尚在

相约绿水青山

一样的"两人三足"

一样的《同桌的你》

不一样的

是眼角"笑纹"怒放

是腰间"救生圈"呼之欲出

年少的洒脱和肆意

已驾着白云

与诗章在远方安家

明天晨起观日出
明年花开去看海……
一切预约,皆可应下
只因
明天,并非明天
明年,亦非明年

再见

带着期待,带着穿越五百多公里的尘埃
探访,竟不遇
骤大骤小的雨说
太阳已远走,刚刚还在

浊浪一米多高
浪顶伪成白莲
呼啸奔来,又倏地远遁
"来吧,懦夫!到我的怀抱!"

泪湿的沙终是滑向大海
虽然有挽留

终归挽留不住

没关系

比如日落

譬如春归

追梦

转身,急停,亮相

魅影惊艳

轻跃,水袖触天

摘下一颗星

照亮前程

今夜,我是黑森林的舞王

眼中迸出闪电

逼退黑暗

立于林梢

我眺望东方

东方亮出黎明

风起的日子我要远航

风起的日子我要远航
不甘拘束的灵魂叫嚣着要去远方
在辽阔的天空自由翱翔
撞开那扇诗意的窗

采几片唐诗裁成霓裳
戴上宋词做的面纱
踩着元曲节奏的叮当
循着书画的墨香
我抱着琵琶
在银河边上徘徊
等候着远归的檀郎

风起的日子我要远航

放下苟且的心房呐喊着要去远方

在无名的山野随意游荡

寻觅着幸福的方向

黄皮树

黄皮树佝偻在老家房子的路边

脸颊水分风干了的奶奶

与老树相依

树上黄皮果一串串

深黄的、浅黄的、青黄相间的……

干瘪的、饱满的、鸟儿已吃一半的……

地上黄皮果一颗颗

完整的、摔伤的……

无关意愿

都逃不过时间

当年种下黄皮树的小丫头已飞远

当年偷摘黄皮果的野小子杳无踪

当年相约黄皮黄的约定应犹在

等候,回忆,思念

模糊了故乡的底色

扁担

那根扁担

伴生在肩上

一头挑着爹娘的欢笑

一头挑着婴孩对未知的惶恐

他们是否梦中的父亲母亲

笑容又是否柔软

青葱岁月里

它一头挑着老师的严厉

一头挑着窗外的渴望

山坡上那株含笑应该开了

那个穿淡蓝牛仔裤白 T 恤的人在灌篮了吗

辞别校门

它一头挑起了深夜的不眠

还有早晨上班途中的艾叶糍

另一头挑着奶粉和房子

以及锅碗瓢盆

田螺姑娘哪去了

今晚还要加班写个材料哟

晚霞来袭

它的头发也白了，像医院一样白

挑着失眠的两个黑眼眶

黑白如此分明

消毒水的味道越来越清晰

哦哦，要飞啦要飞啦

"光头强"闯小区

唤醒我的
不是旧日鸟声啁啾
却是一阵"嘶嘶"厉鸣

一群"光头强"闯进了小区
电锯、大刀对准了遮天绿树

树们悲喜莫名
该庆幸还能把根留住呢?
该悲伤枝丫的永别呢?
该反思十年来的肆意生长、不加约束呢?

鸟儿们来不及哀悼昔日双飞

它们要寻找今夜的归宿

侥而幸之

肥拙的翅膀仍能载动生命的希冀

泗洲 泗洲

——我的家乡我的梦

一 春

家乡,一个月牙儿岛

春雨绵绵时节

浔江是一个娇俏的小小女孩

路经岛的左侧

流连于环岛的翠竹姐姐

和竹下一叶一叶争高比绿的艾草

她们每天都有说不完的话儿

那是属于女孩的秘密

竹林里不时钻出捉青蛙的野小子

还有踢着野草毽子的小"小芳"

妈妈已经做好了糯糯甜甜的艾糍

让时光停留在快乐的童年

二 夏

每年六月

浔江都要生一次气

如同失恋愤怒的小伙子

咆哮而过

而翠竹用柔情抚慰受伤的恋人

"浪里白条"们穿着小裤衩

"扑通扑通"纵身跃下

婆姨姑娘们在田间舞动

弯腰直腰之间

装棉花的筐子满了

装花生的筐子满了

装西红柿的筐子满了

……

爸爸从江里捞上了鲜鱼虾

水煮鲩鱼、清蒸鱼头……

还有一只脚长一只脚短的大虾

晶莹透亮的鱼生

让时光停留在岁月的丰硕

三　秋

秋风徐徐

浔江瘦下去

露出胸膛嶙峋

洗米的婆娘滑丢了手中的锅

"洗米潭"得以从浔江中分娩

躺在河滩的左上角

小伙伴们拿着小水桶小铲子

在水潭边玩耍

挖开一个沙坑，捡起几个扇贝

翻转一块石头，捞起一把石螺

月圆啦

爷爷叔伯们围坐着"捉麻雀"

妈妈把月饼贡给月神

厨房里贝螺在锅里跳舞

滋滋有声

吊床停止了摇动

"小猪"们香香的呼噜声飘在竹林中

让时光停留在热闹的团圆里

四 冬

三四间烧烤小屋坐在村头

呆呆地与浔江神游

微风从竹围栏间走过

带来了头菜干咸萝卜干的鲜香

金黄稻草懒懒地趴在屋顶上

节假日和周末来了

小屋就从沉睡中醒来

拥抱来这里游玩的朋友

老"小孩"们忙着烤土鸡烤青菜

小屁孩们在野花丛里打滚、闹腾

老板在一旁炒着沙子

或者用泥块垒成小土窑

三十分钟后

香喷喷的烤红薯烤鸡将在这里被争抢

十多米外的头菜干在晒着太阳

有些将会到老"小孩"家里继续晒太阳

五　那年之后

那年是 2009 年

那年长洲水利枢纽正式运行

那年之后

浔江的内分泌系统调理好了

不再乍胖乍瘦

常年保持着微胖的娴静模样

那年是 2012 年

那年泗洲大桥建成了

那年之后

泗洲岛的船越来越少

车越来越多

翩飞长裙丰富了"三八六一部队"的风景

泗洲岛，生态岛

桃花灼灼，美人灿灿

我的家乡

我的梦

向山行

庆身体尚能在路上
幸灵魂尚有闲情
择一小众山岳
向山而行

游人不多不少
不喧嚣,不冷清
投身其中
偶尔问候,时而微笑
很是熟悉的模样

那山,清峻

羊肠山道挑着漂泊与守望

应是生的来处

那山，坚忍

褐黑老树力绽红嫩枝叶

似是新的征程

那山，寂丽

梦魂共鸣，将是

灵的归途

桂花半睡半醒

人儿睡了

虫儿睡了

风儿睡了

世界睡了

唯有阳台上那盆桂花半睡半醒

一盏檀香浅浅呼吸

火光半明半灭

烟气徘徊

有影子在烟气中隐约

爷爷搓着麻将

父亲点着香烟

小儿子玩着平板

他们走向远方

远方没有诗只有黑暗

或许还有彼岸花

不猜量，甚好

天空是个老小孩

我知道——

一张孩儿脸，纯如稚子

他满腹心事

我知道——

泪珠洋洋洒洒，愁上眉梢

他震怒心恸

我知道——

雷电狂轰，风狂雨骤

他喜悦满怀

我知道——

晴日无云，蔚蓝澄澈

风凛冽

云厚重

随手一拧

就是一地雨雪

把寒冷洒于天地间

把不爽写在眉眼处

真实，直白

像孩子一样简单

无须猜量

如此，甚好

走在风雨中

竟是如此欢喜

收割机不会唱歌

收割机奔跑"隆隆"

稻穗从沉睡中惊醒

收割机从不唱歌

他只张开巨口

三五分钟就吃撑了肚子

他奔到田边

把稻子"嘭嘭"喷出

把稻秆喷回稻田

一天的工作干完

又一天的工作干完

收割机枕着夕阳休息

静候明天的日出而作

他不会说话

更不会唱歌

影子

找不到自己的影子

那道一直跳跃在前

或者跟随在后的影子

也许

已离开

也许

匿于黑暗中,无言

青春本色

——致藤县青年创业协会

我和青春

相遇于 2016

四十株向日葵追逐着太阳

在奔腾的浔江边上,茁壮而骄傲

我和青春

成长在 2017

鲜红的旗帜

沸腾着五十三颗热烈的心

引领着搏击风浪,翱翔长空

我和青春

奔跑在 2018

中国梦，富强的梦，复兴的梦

乡村梦，发展的梦，振兴的梦

青创梦，助农的梦，共赢的梦……

梦想欣然携手

在这片名为藤州的热土上

挥洒着青春

创业沙龙，梦想在这里起步

青联空间，我们温暖的港湾

一号成长，百香果变成了小别墅

网狼农特，土特产插上了电商的翅膀

藤县 520，龙腾狮舞打开世界的大门

青创示范街，青春从这里腾飞

一切的苦难、路上的荆棘

你们都来吧

因为青春，我们无惧

用希望的金线和青春的银梭

以信念和执着编织你们

春天的花,秋天的果

将会更娇艳更灿烂

挺直的背,脸上的笑

将会更有力更甜蜜

丰收的歌,月宴的舞

将会更热烈更酣畅

月恋

月亮从宋朝走出

坐在东山上

抚摸访苏亭

故人身影杳然

空余"江月照我心"

以绣水之恋

采几片月瓣

酿一壶月光酒

星空下,须知

"诗酒趁年华"

等待

等待机场大巴

等待值机

等待安检

等待升空

三分钟的时间

一名乘客等待改签

距离很长,又很短

等待出生

渴盼成长

熬过中年

害怕晚年

垂垂，等待死亡

人生很短，又很长

父亲

如老树,孤立旷野

寂寥,无言

远处,有水声或明或隐

脚下,有野草似枯似荣

蜂蝶翩然,却在远方

青葱的岁月累倦

走不进今天

时间已没有意义

日升月落只是沿着恒定的轨迹

河水结冰,又化为春汛

化为春汛,又结上冰晶

虬结的根须努力深扎

意志不屈，挺立着枝干

绿色暗藏，积蓄着生命

只待春来

破壳

重生

暮冬，我要迁居孟乡

暮冬，我要迁居孟乡
孟乡，能容下我所有的梦

那年春天
自有月儿含羞
自有风儿脉脉
自有紧握的手
合力破开前方的迷障

那年夏天
筑篱屋一间，植竹菊二三
拥抱七彩晚霞

看"岭鼎玉珠"在中和瓷里

顾自舒展,缱绻

孟乡,且容我随意

那年秋天

择一酒肆

品小酒一杯,甜品二三

看尽台上悲欢

我自晴雨随心

孟乡,且容我肆意

今夜,且让我入梦

且让花好月圆

且让老去从容

捏愿望

取一勺面粉

揉一团心愿

神圣，以女娲造人般的姿态

除了糖分，其他都不要

生活仿佛去除了苦涩

捏一个白首不相离

捏一对金童玉女献祥瑞

捏一树似锦繁花

捏一屋金稻归仓牛羊满山

愿望从青春流出，在指尖

团圆

脸上年轮般的褶纹

手上树皮般的皱皱

恍若刹那远离

人生又回归了本真

亲爱的人啊,请相信

我的内心

一直有另一个我,一个少年

在子夜中肆笑

大雾过后是阳光

"疫"雾袭汉,茫茫

前路何处,惶惶

去岁武大,樱花烂漫

东湖浩渺,鸥翔鹭双

阿妈说,不要怕

"久雨大雾晴",大雾过后是阳光

都会好的,都会好的

她又哼起了《东方红》

是的,不要怕

我看见了逆行者在奔跑,步声铿锵

我听见了时间转动,滴答滴答

我嗅到了花香,《春之歌》在天地奏响

阳光洒在身上,暖洋洋的

阿妈说得对,大雾过后是阳光

我要抱抱阿妈,庄重地,虔诚地

春来了

桃花红,李花白

枝头独缺曾"开满"的丝带,以及

翩飞的裙摆

蜂蝶飞舞,小心翼翼

隔着一点五米的距离

"闪光灯"不敢出门

庚子春天明媚着,也寂寞着

长夜寂寂,安静,唯见安静

想念广场舞的喧闹,人群的蜂拥

手机刷屏

确诊,隔离,寻同车乘客……

黑夜更黑了几分

驰援，治愈，防控

黎明终究到来，此刻

且歌一曲《风雨过后见彩虹》

北流河无声

北入西江，东流向海

无论晴雨，无论日夜

前进的脚步，安可阻挡?

春来了，且听——

生命，生命

想起了你

记忆戛然而止

暗夜骤然降临

春天的花,日光的暖

破碎,模糊,虚无

灵魂飘荡

风筝跌落

家在何方

隔着一条河,忘川河

河上有桥,奈何桥

烟雾迷茫,不见归途

归途啊,那么短,转眼应可到达

归途啊，那么长，再也不能到达

饭菜冒着叮咛，再也尝不到香
桃花摇着春风，再也听不到笑
拥抱携着鸳盟，再也汲不到暖
多少爱，还没说出口
多少人，还没暖心头

黑蝴蝶，慢慢飞
心安，安心

在春天

有一团火,一团烈火

在奔突,在烧灼

急需一场雨

一场淋漓的急雨

让空山绿,春意闹

雨剑刺穿坚冰

蛰伏的生灵在寻找机会

有些时候,我认为一些远去的生命也在新生

已穿越,或者重生

可能以我不认识的姿态

有时，时间改变着什么，轻描淡写

比如，有些过去

比如，有些曾经

有些存在，不再

有时，时间不能改变什么，始终不渝

就如，一些过去

就如，一些曾经

一些思念，永在

思春

冬雨姑娘春心动

走遍东山，绣水，紫藤树

寻找她的太阳先生

注定是一场苦恋

若是相见，就是

再见

迎春

化身牛毛细针

沿着冬季的穴位

蛰醒种子的冬眠

从双孖峰走来

北流河沿着东山转个弯

迎接返乡的货船

水声船声唱和

"江月夜夜好,山云朝朝新"

闹春

毛衣连着秋衣

棉衣包着春寒

羽绒服裹着春天

雨衣如铠甲,却拦不住

雨丝

春雨很调皮

带着家乡的黄泥巴

躲在鞋帮上

陪游子一起返程

那年的屋子很温暖

妈妈的炉火飘着叮咛

儿女的擦炮响着清欢

织梦

谁的影子,恼人

无端飘进轻梦

桃蕊欲开,黑夜如昼

不成眠

笛声起

吹落花瓣如雨

偷窥吹笛者

越想看清,越是模糊

昙花

夜依然酣睡

偶有虫鸣嘹亮

刺痛优昙的坚守

以洁白、明媚、璀璨为刃

你破开夜色

寻找失忆的情郎

韦驮,韦驮

采集朝露的尊者

你看见我了吗

你记起我了吗

以积蓄三百六十五夜的花之精灵

在此刻，我尽情璀璨

只为

你在路过的瞬间

回眸，微笑

深深地

看我一眼，再看一眼

相濡以沫

西装，穿出

佝偻的影子

婚纱，堆出

皱纹的深谷

花冠出走，试图寻找那些年的

柳梢，和黄昏

一把亮亮的柴火

一盆热热的洗脚水

一筷子暖暖的饭菜

串起了脉脉的晚年

管他什么亲情,还是

爱情呢

余心,甚安

嘘，别出声

嘘

别出声

别让声波的颤动

带动风儿的流动

惊走头顶那只梦中的蜻蜓

为了这一刻

我蹲在水里

变成了一枝荷

水枯了又涨，涨了又枯

嘘

别出声

别让风儿的流动

带动雨儿的到来

淋湿我的梦

为了这一刻

我拼命汲取养分

只为了长成他喜欢的模样——

花苞半开未放

身姿修长优雅……

清晨的暖阳摩挲着我菱形的脸庞

三分暗影，七分阳光

织成梦般的光晕

嘘

别出声

就让他停留在我的头上

长一点，长一点，再长一点

就让这一刻，定格为永恒

缘来，是你

清晨，挂榜岭

鸟在啾啾，露水盈盈

你闯入我的视线，在我未及设防之际

就在山尖尖上，就在叶尖尖上

那片红叶，红得纯粹

那颗晶莹，皎白欲滴

是你，就是你

是掠过我心尖尖的那股悸动

缘何存在？缘何消失？

天地不语，鸟自鸣，风自吹

你茫然，你默然

阳光下顾自流金

缘来，是你

来，就来了

走，就走了

何须多言？

遇见，相知

便是永恒

遇见，欢欣

左炉火，右诗书
嫩绿出土芽，风雨花枝俏

雾氤氲，笼眉梢
琴声的河流叮咚叮咚
清莲顾盼，再顾盼

月色遇见柳梢，欢欣
青春遇见诗酒花，欢欣
酱醋茶败退，再败退，欢欣
和风，微澜，芬芳
遇见另一个自己，在诵读，在品谈，欢欣

岁月的酒酿到不惑

正酣

狮王争霸

锣鼓声声

狮王出游

二十来根梅花桩是我的领地

救幼狮于深涧,采灵芝于险峰

我守护着祖国的山河

前路纵是险阻

热血从未磨灭

穿梭于林下涧中

跌落高桩又何妨

失败不能磨灭我深刻骨血的不屈

争霸正好

勇者何惧挑战？

自有团队携手

自有如海胸襟

竞争不能让我迟疑

进退间收放自如昂首阔步

后记

时序新秋，岁月忽晚。吾乃人间糊涂客，资深"少女"笑芳华，不意鬓间添银霜。道阻且长，时有荆棘突生，更有繁花乱草迷眼。吾走走停停，兴起时愿为云彩，无趣时天空灰蓝，愈懒时索性晒冬阳睡懒觉。朝露晚霜，午时又炎阳耿耿，扛不住，根本扛不住……暗忆文坛众师友，如何力敌"一地鸡毛"，开创诗与远方，佳作频出，著作等身？羡慕，佩服——且收下敬亭山"膝盖"两枚。回望来时路，幸有师友助力，更有榜样引领，《风起的日子我要远航》得以集结66首小诗，终于与您与我相见。

在此，特别感谢梧州市作协名誉主席蒙土金先生的支持与指导，非常感谢藤县书法家协会主席陈炎权先生为诗集题写书名，十分感谢爱心人士李先生、陈先生、周先生及众文友的关心与帮助。谨此致谢！

敬亭山
2023年8月

N